李少林さんの庭のうさぎたちに捧げる

うさぎのいる庭

水田宗子

ポエムピース

目次

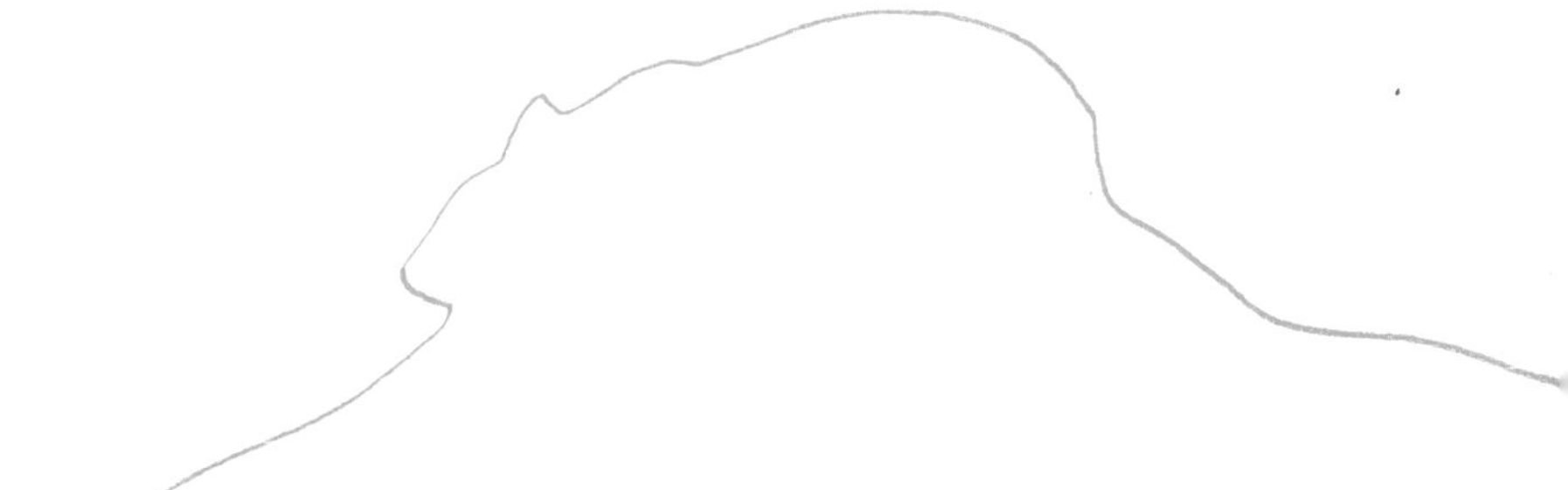

うさぎのいる庭

XI

透明なガラスの時

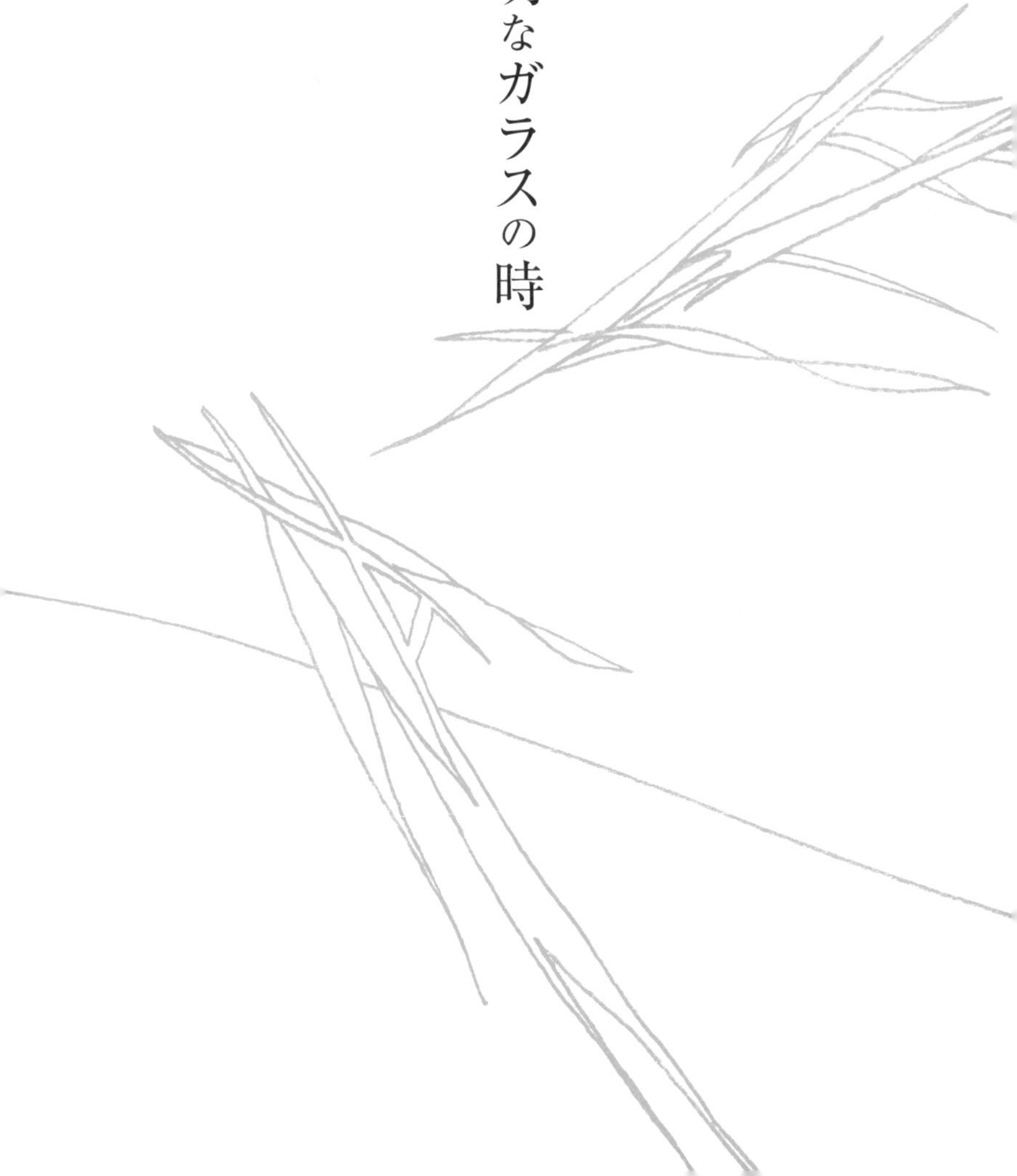

透明なガラスの時が
この庭を囲んでいる
ここは夢を見るところ
たくさん集まってきた
白も黒も
ハイブリッドも
多いは遠い
あの
キジバトもいるか
逃げたものたち
あの貧弱な

誰も気にかけない
エキストラみたいな
あの
スズメは？

スズメが逃げてしまったの
若紫は嘆いた
失ったキジバトを
今も追っていると
ウォールデンの湖畔で

不服従の男
もう帰ってこないのに
逃げるは自由
自由は逃げる

森に侵入し
沼地に潜り込んだ
逃亡のアイテナリー
白黒の争いから逃れて
密告者たちを寄せ付けない

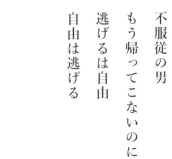

奴隷鉄道の途中下車
あるものには
終着点
あるものには始発駅
沼地は終わり
沼地は始まり
まぜこぜの
ずるずるの
あるものは
変身した
循環の源

先祖帰り
腐葉土の
生き直し
臭いは暖かい
卵に生まれ変わった

ガラスで囲まれた庭に
老婆がいる
記憶の楽園
忘れたものたち
みな帰ってくる

記憶の彼方の生き物たち
集まってくる
もうみな忘れた
黙々と仲良し
平気で隣同士
ノンシャランで食事
同じもの食べる
違ったもの食べる
一人で一緒
一緒で一人

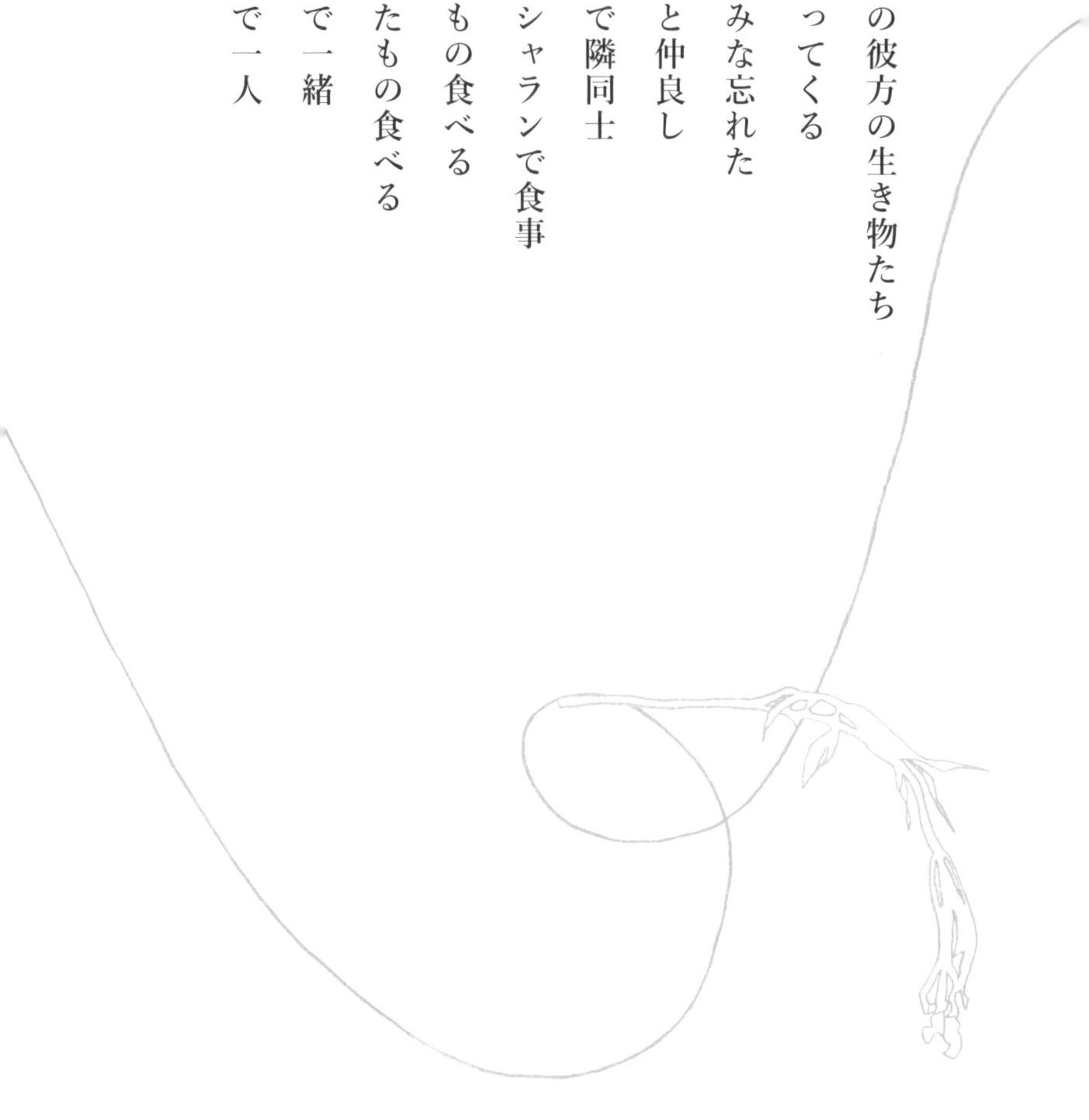

大きな枝に止まって
あんなに小さい
あんなに精密
小さいは大きい
存在感
みんな帰ってきた
この庭の
老婆

節

聞き耳立てても

忘却の永遠
裏切者も
虫の卵
糖尿過多も消滅
うさぎたち黙々と耳そばだて
草　あくまでも青く
空　あくまでも透き通り
時のしくじり
暴かれた時の秘密
時の夢見る楽園
うさぎのいる庭

白いウサギの恋

あなたはいつも無言
あなたはいつも側にいる
遠くを見ているような
わたしの知らない
わたしを見ているような
近づいてくるのは
心の底の赤い球体
吸い込まれて
吸い込まれて
地球をぐるっと回りたい
瞬きしない

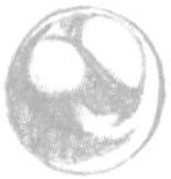

あなたの目の中で

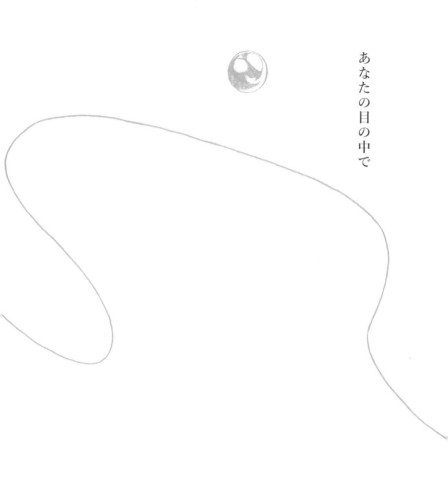

わたしたち食べている

気がつくと
隣にいるのは敵
神話時代からの宿敵
どちらが強いか
昨日はあいつの勝ち
今日はこちらの勝利
明日はどっち？
ともかく今は
食べている

わたしたち
食べている
昔からの仲良しのように
並んで
お友だちのように
裏切らない
食べ物
いつだって
だまし討ちはしない

本質
さくさく
がりがり
もぐもぐ

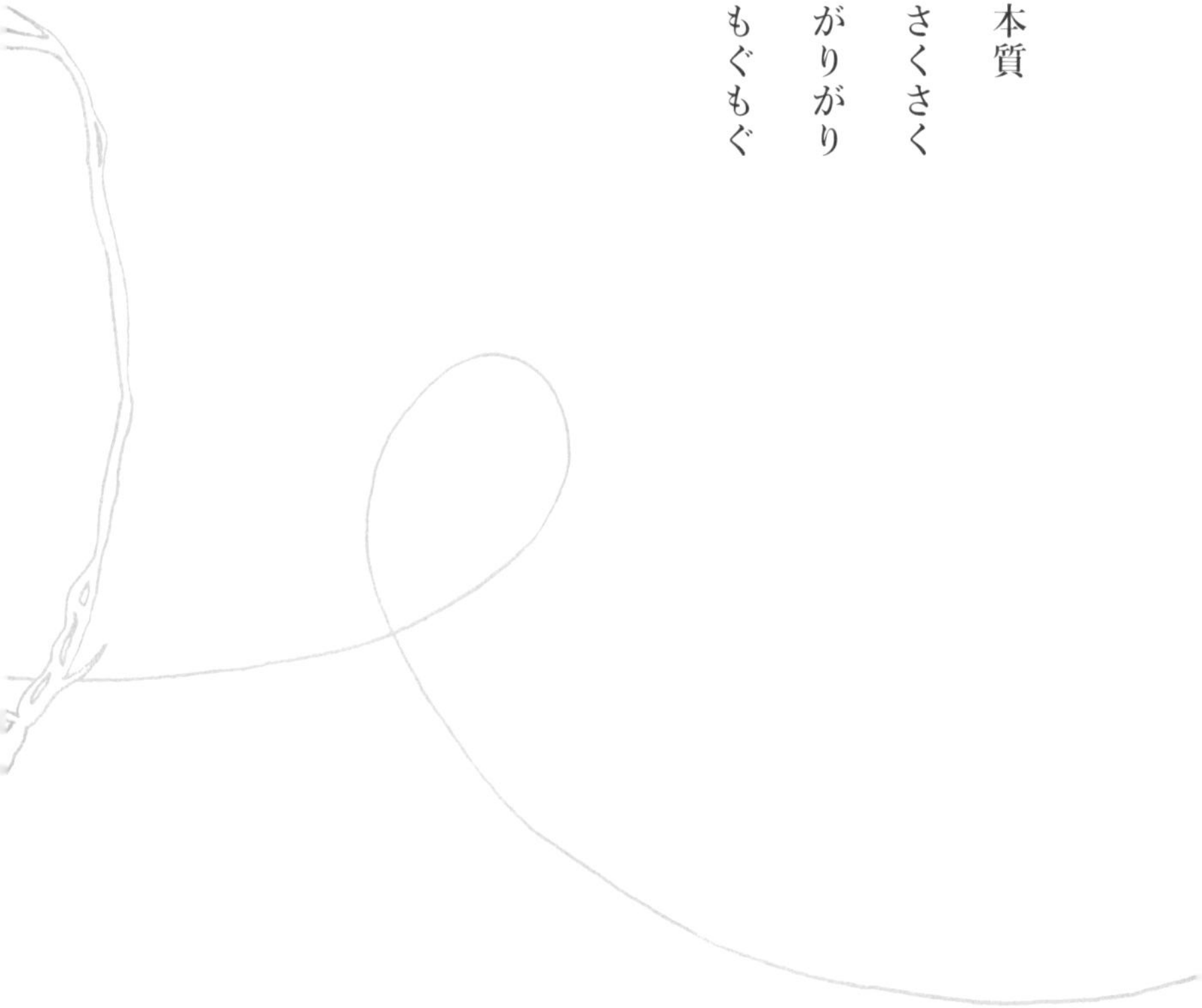

あなたは誰？

あなたは誰？
見たことないけど
仲良し
恋はできないけど
大好き
離れていても
会うときはいつも
友だち
忘れてしまっても
出会えばいつも
互いに駆け寄る

あなたはじゃれても
わたしは飛び跳ねたりしない
いつも違っていて
いつ別れてもいい
異邦人同士
今会ったばかりの
親友
昔ながらの
見知らぬ
憧れ
勝手にこの庭に出入りする

自由な生きもの
あなたは世界への窓
知らないところへの
誘い

黒いあなたへ

あなたの黒は普遍
わたしの白は偏在
交わっても灰色にはならない
いつも究極
この庭に裏切り者はいない
いつもシンプル
無言のまま
神話の中のまま
この庭はいつも平和
瞬きしないまま
あるいは見逃したのか

短くて長い
永遠の瞬間
黒に惹かれてここまできた
この庭の記憶の淵
いつも
白のもたらすのは
忘却
黒に出会って
また蘇る
この
シンプルな存在

また訪れる
この
シンプルな庭

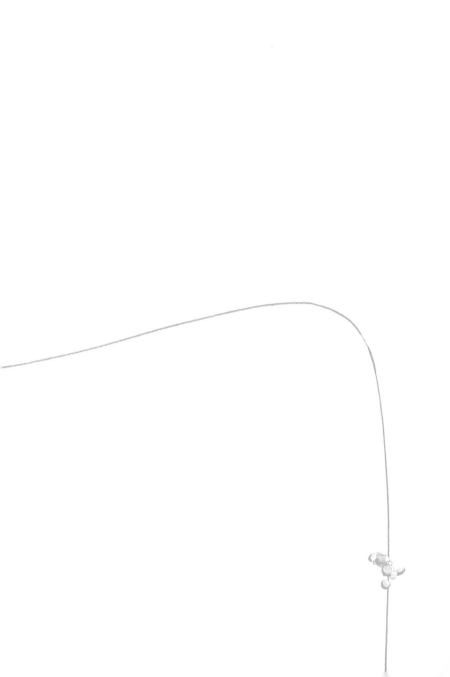

羽

こんなに透き通って
小さい
あくまでも透明
透かして見えるのは
宇宙の果て

広い世界の春の日
薄くて
あくまでも細密
一本の線に集中するのは
地底の水音

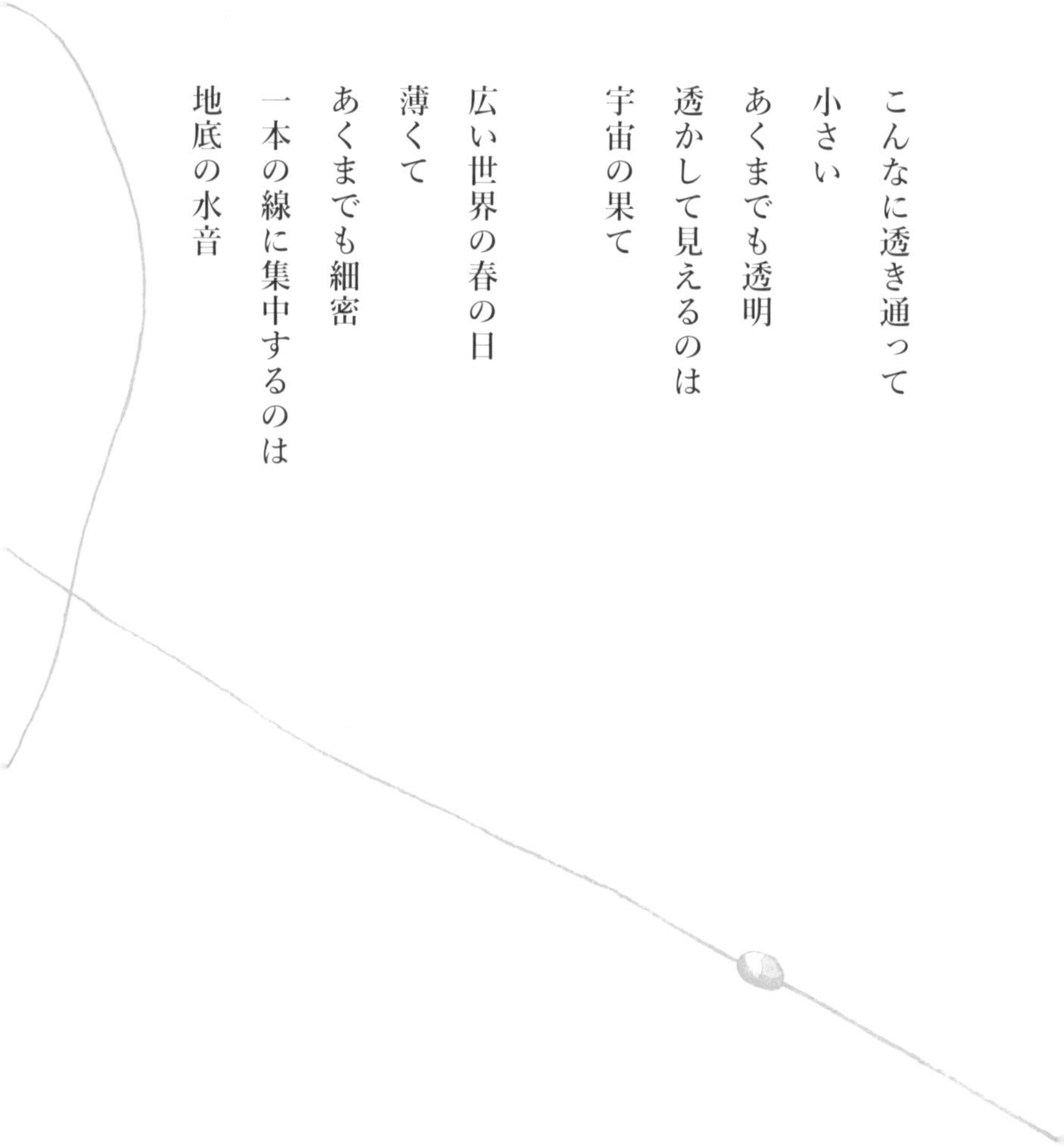

大木の枝に一休み
大きすぎる　明るすぎる
ここから　翔び去るまで
何も隠さず
何も明かさず
一人　停まっている

好き

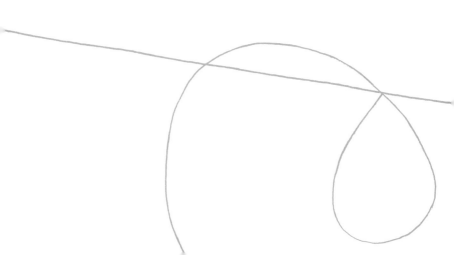

レタスが好き
人参が好き
魚が好き
鼠が好き
チーズが好き

草が肉を育み
肉が肉を育み
ともに
虫を育む

ともに人間を育む
魚は虫が好き
鳥は虫が好き
虫は枯葉が好き
暖かいお布団
おばあさんが打ち直した
枯葉のシルク
人間は草が好き
木の実が好き

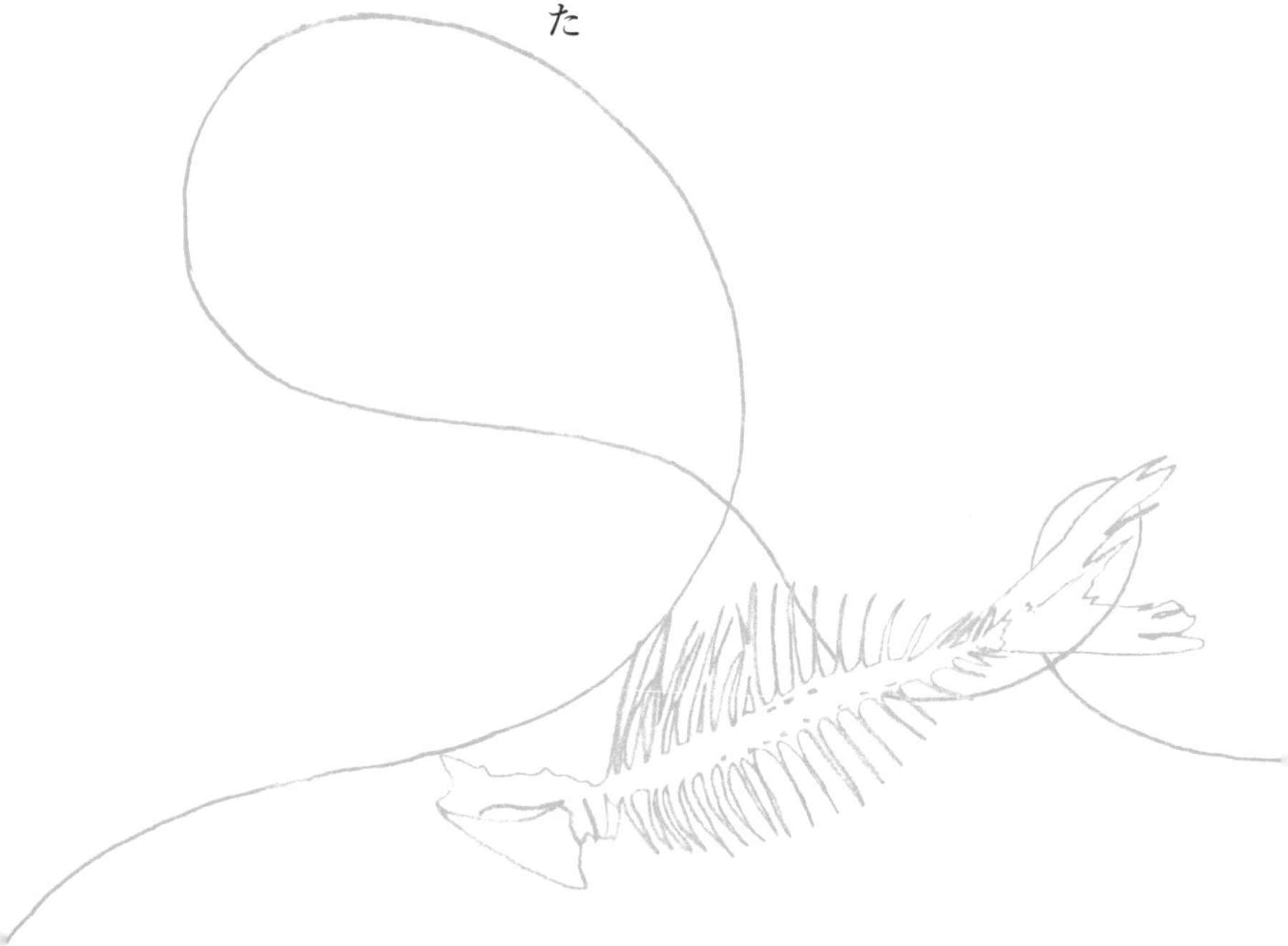

魚が好き
肉が好き
鳥が好き
虫は嫌いだけど好き
人間は人間が好き
だから
食べちゃいたい

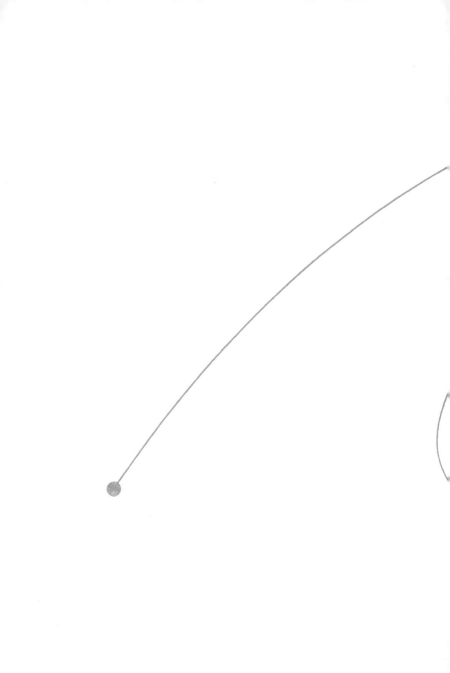

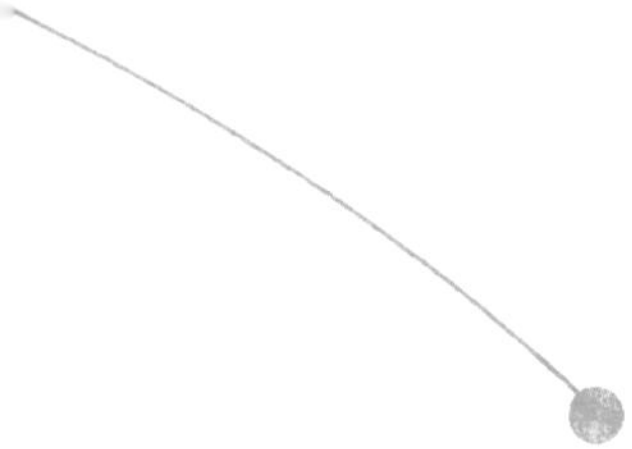

虫

虫こそ世界の王様
皆が食べた
皆が捨てた
皆が踏みつけた
食べかすの王様
皆が裏切った
ドロドロの王様
虫こそ
神様の使者

後悔の使者
許しの使者
蘇りの告知
二度目の降臨
虫こそ
救済の女神
産む　産む
産む願い
蘇りのもののもの

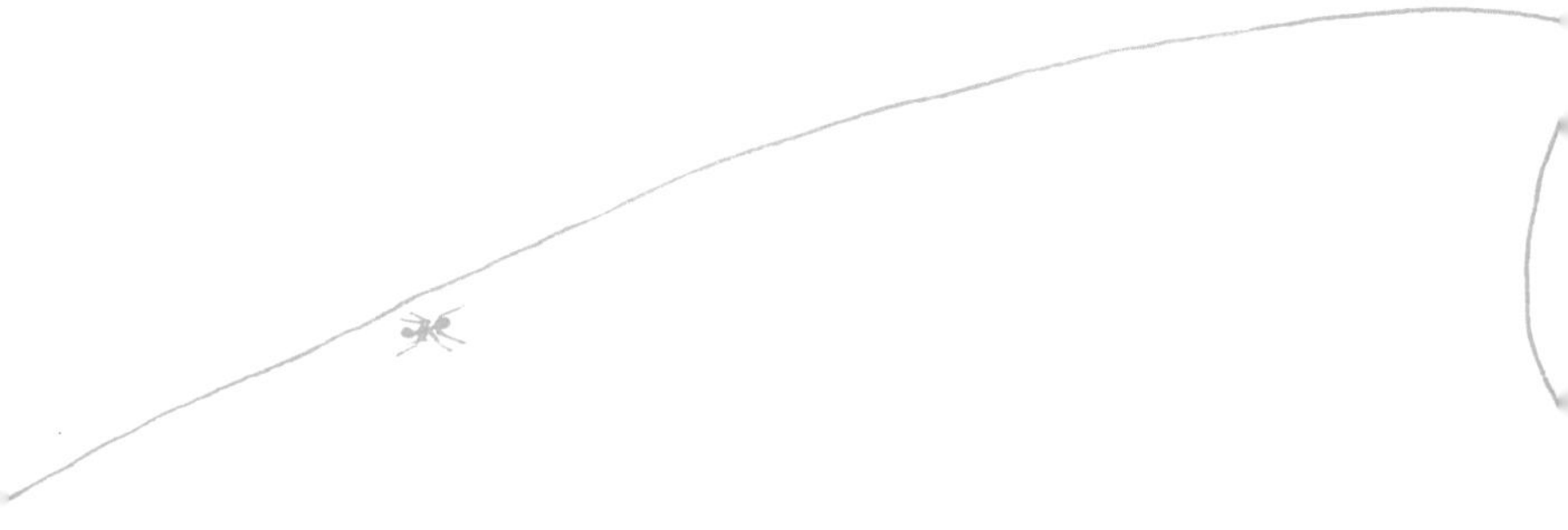

集まってくる
虫こそ
年老いた女
虫こそ
生まれたての命
虫が育む
この庭の夢

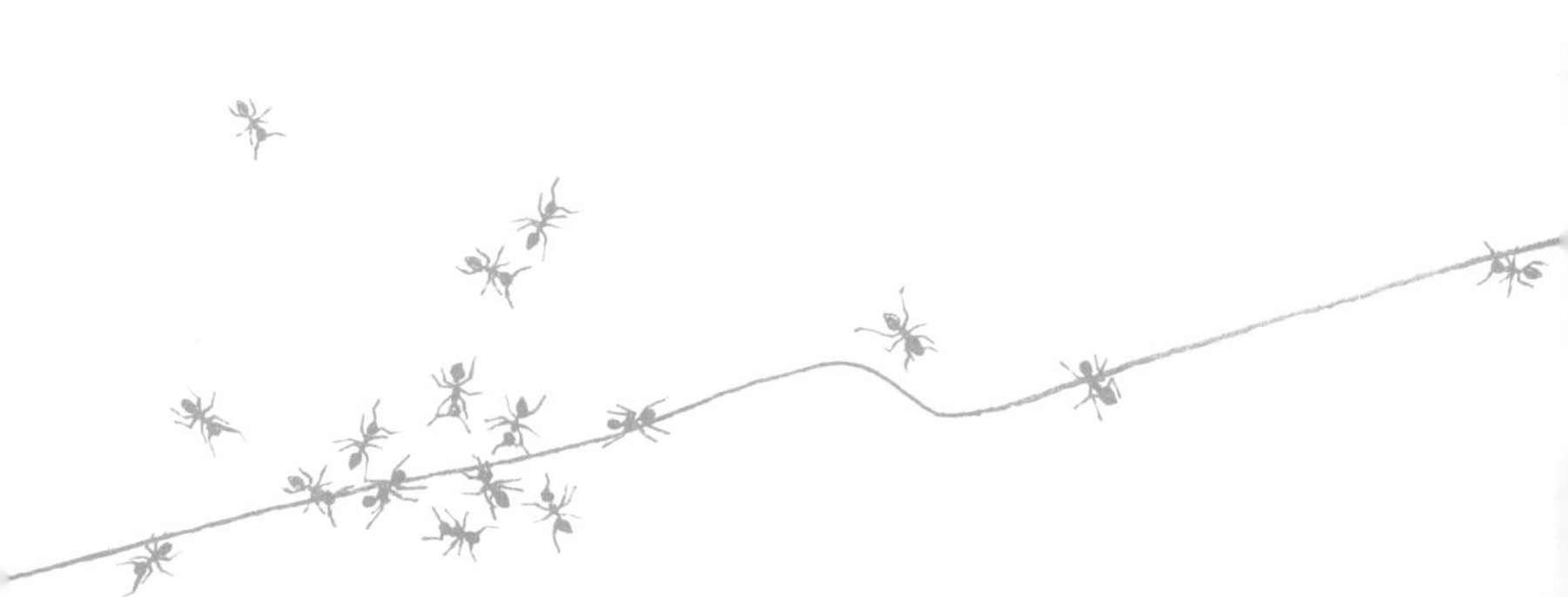

緑の中の白

緑の中の白
緑の中の黒
白の中の緑はない
黒の中の緑は見えない
白の中の黒はない
黒の中の白はない
あるある尽くし
無い無い尽くし

この庭にひと時の大自然
まぜこぜは大勢

ませこぜは整然
整然は一緒
一緒は一瞬
そして野生は聞き耳をたてる
いつでも納得
どんな時も恐い
跳び跳ねる他者
空翔び回る大昔の親族
恋人盗んだ昨日までの娘
どんなに遠くへ逃げたって
ここは所詮地球

お母さんどうしてここへきたの
わたしのお父さんは誰
大きな耳
キャッチしている　している
沈黙の中の
真実
真実は嘘
嘘は詩

老婆の忘却の中の
足音

羽の震え
風の唸り
この庭にうさぎがいる

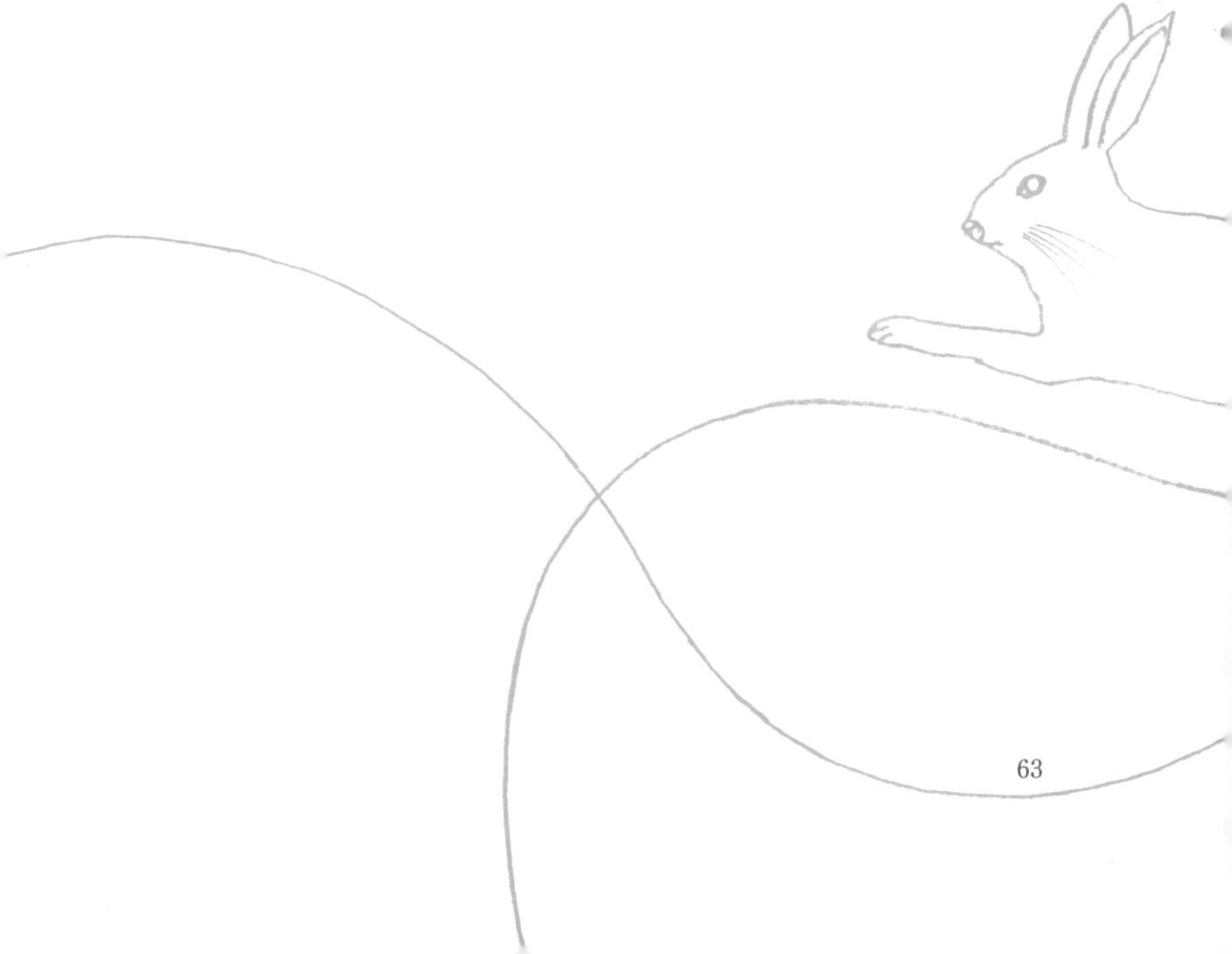

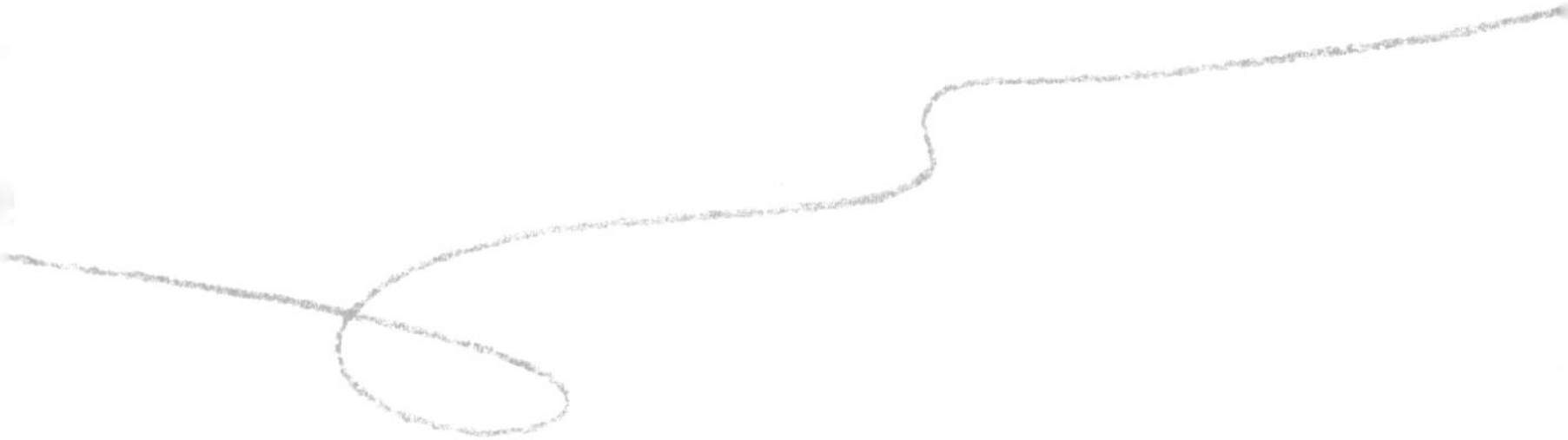

透明人間

ここにはうさぎ
あそこには猫、鼠、アヒル
隣には草、花、木、いばら
人間はどこだ
街角に立っていた
あの黒いマント着ていた奴
この庭に来たら見えなくなった
桶職人も届けに入ったはずだが
おべっか使い
御用聞き
押し売り

みんな見えなくなった
結婚式コーディネーター
あらゆる演出とテクノロジー駆使してと
さっきまではあんなにおしゃべり
消えてしまった
邪魔者たち
鳥が飛んでいる
トンボが低空飛行している
草が食べろと身を伸ばす
花々最後の野生の踏ん張り
幕の降りない

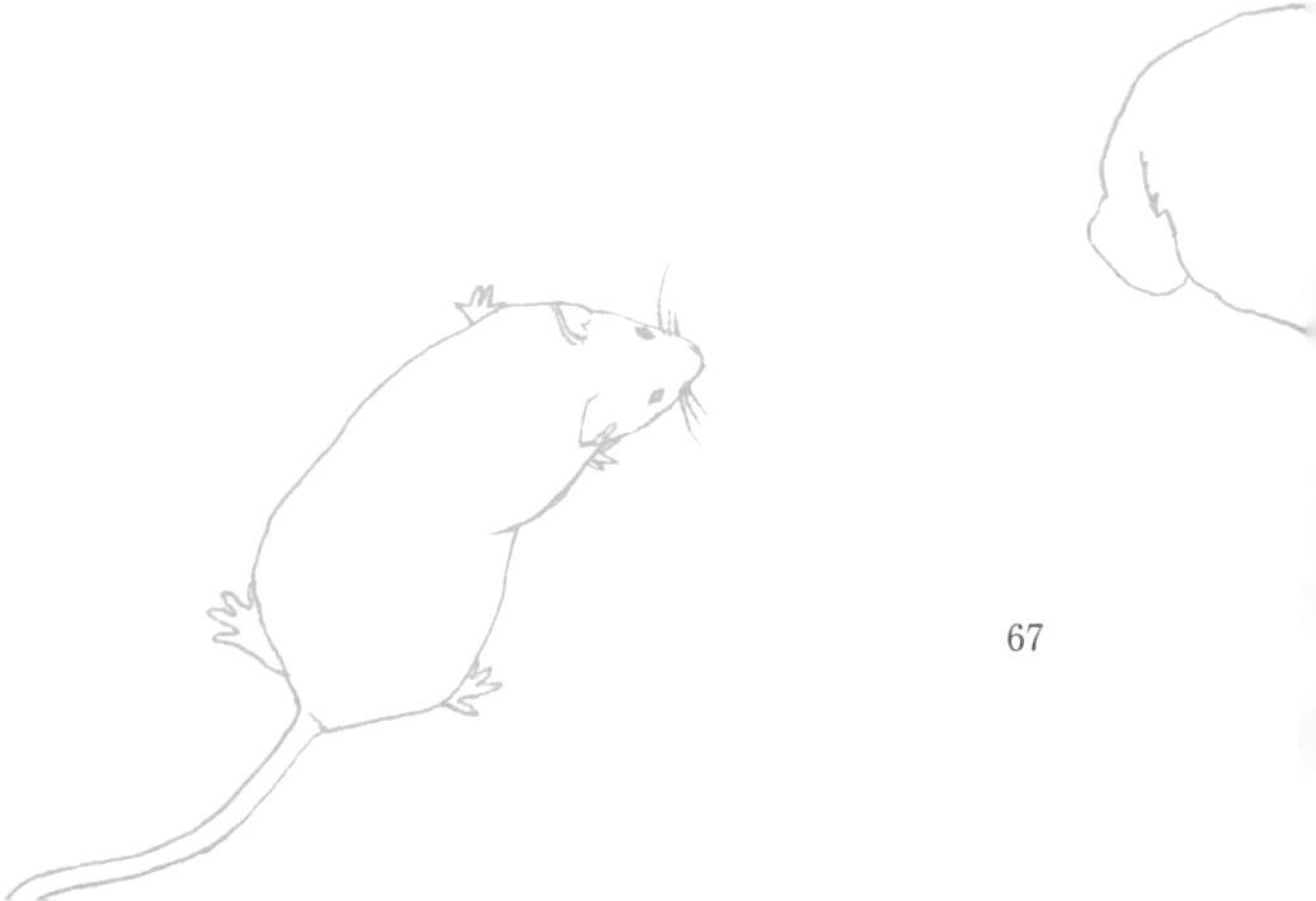

うさぎの庭劇
監督はどこへ行った
作者は誰だ？

うさぎのいる庭《にわ》

2020年9月16日　初版第1刷

著　者　水田宗子《みずたのりこ》

装　画　オカダミカ

発行人　松崎義行

発　行　ポエムピース
〒166-0003　東京都杉並区高円寺南4-26-12　福丸ビル6F
TEL 03-5913-9172　FAX 03-5913-8011

装　幀　洪十六

印刷・製本　上野印刷所

落丁・乱丁本は弊社宛にお送りください。送料弊社負担でお取り替えいたします。

ISBN978-4-908827-67-9 C0095